El Triciclo

Groundwood Books / House of Anansi Press
110 Spadina Avenue, Suite 801, Toronto, Ontario M5V 2K4
Distribuido en los Estados Unidos por Publishers Group West
1700 Fourth Street, Berkeley, CA 94710

Agradecemos el apoyo financiero otorgado a nuestro programa de publicaciones por el Canada Council
for the Arts, el gobierno de Canadá por medio del Book Publishing Industry Development Program (BPIDP)
y el Ontario Arts Council.

ONTARIO ARTS COUNCIL
CONSEIL DES ARTS DE L'ONTARIO

Library and Archives Canada Cataloging in Publication
Amado, Elisa
El Triciclo / Elisa Amado ; illustrado por Alfonso Ruano.
Translation of: Tricycle.
ISBN-13: 978-0-88899-613-8
ISBN-10: 0-88899-613-6
I. Ruano, Alfonso II. Title.
PS8551.M335T7518 2007   jC813'.6   C2006-904936-X

Las ilustraciones fueron realizadas en acrílicos.
Diseñado por Alfonso Ruano
Impreso y encuadernado en China

El Triciclo

Elisa Amado   **Alfonso Ruano**

GROUNDWOOD BOOKS / LIBROS TIGRILLO

HOUSE OF ANANSI PRESS

TORONTO   BERKELEY

Salgo al jardín descalza. La grama está mojada y erizada, pero no me duelen los pies. Los tengo duros porque nunca uso zapatos, a menos que tenga que hacerlo.

Corro hasta el pino y me encaramo por el tronco hasta alcanzar mi rama favorita. En mi blusa hay una manchita de brea. No creo que se quite al lavarla, así que tal vez la mancha se quede allí para siempre. Pero no me importa. Sigo trepando hasta que logro ver más allá de la cerca de ciprés.

De un lado de la cerca está mi jardín.
Clementina, mi perra, está echada en la
grama. Timoteo cava en el arriate de flores.
A veces mientras él trabaja me quedo a su
lado jugando con mis carritos. Cuando
riega las flores, el agua corre por las
zanjas pequeñitas que voy cavando en la
tierra, haciendo unos ríos que mis carritos
atraviesan.

9

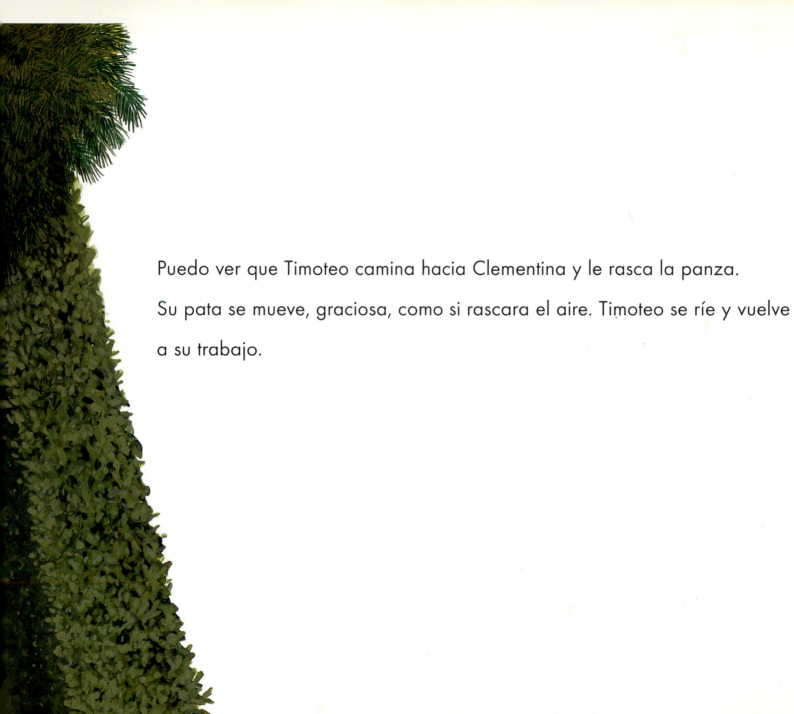

Puedo ver que Timoteo camina hacia Clementina y le rasca la panza.

Su pata se mueve, graciosa, como si rascara el aire. Timoteo se ríe y vuelve

a su trabajo.

Del otro lado de la cerca están los ranchos donde viven Rosario, Chepe y Juanita. Puedo ver a su mamá haciendo tortillas en el portal. Nosotros le compramos sus tortillas para el almuerzo todos los días.

12

Justo debajo del árbol, hay un hueco en la cerca donde me gusta

esconderme. Ayer dejé mi triciclo allí abajo cuando mi mamá me llamó

para que entrara a casa.

15

La cerca es muy pinchosa así que me cuesta entrar al hueco. Allí huele a polvo y el aire es espeso y oscuro. Nadie puede verme cuando estoy adentro. A veces Rosario entra por el otro lado y se esconde conmigo.

Desde mi árbol siento el viento del norte, que es un poquito frío. Pero el aire es tan claro que, a lo lejos, puedo ver el humo del Volcán de Fuego retorciéndose al salir por el cráter. Siempre está en erupción y por eso se llama Fuego. Me pregunto si algún día estallará sobre nosotros. Espero que no nos caigan llamas de fuego desde el cielo.

Oigo la voz de Chepe y miro hacia abajo.
Veo que alguien se está metiendo por la
cerca. Sigo mirando, y entonces alguien se
asoma por mi lado.

Poco a poco mi triciclo desaparece. Observo, y
oigo murmullos. Luego veo a Rosario y a su
hermano Chepe que salen por el otro lado,
jalando mi triciclo. Su mamá ya no está en el portal.
Ellos arrastran mi triciclo hasta su casa y lo
esconden bajo una caja tirada en el patio. Siento
algo extraño en la barriga, pero no digo nada.
Mi mamá siempre me dice que no deje mis
jugetes afuera.

—¡Margarita, Margarita!

Mi mamá me está llamando para almorzar. Bajo tan rápido como

puedo y entro corriendo a casa.

—¿Dónde está tu trici? —me pregunta, con una voz regañona.

—No sé —contesto.

Hay invitados para el almuerzo. No presto atención a lo que dicen.

En vez, con mucho cuidado, cavo un río pequeñito entre mis papas con

la salsa del asado. Ojalá pudiera salir afuera otra vez. Pero, entonces,

oigo la palabra "triciclo". Veo que la señora Alejos está hablando y oigo

que dice: —Son todos unos ladrones. Merecen que les peguen un tiro.

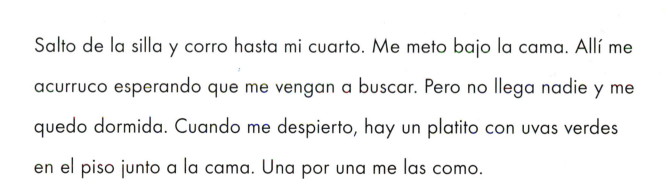

Salto de la silla y corro hasta mi cuarto. Me meto bajo la cama. Allí me acurruco esperando que me vengan a buscar. Pero no llega nadie y me quedo dormida. Cuando me despierto, hay un platito con uvas verdes en el piso junto a la cama. Una por una me las como.

Más tarde, cuando entro a la biblioteca mi mamá deja de leer su libro y me mira.

—Un gran carro negro golpeó mi triciclo -le digo-. Luego se bajaron unos hombres con pistolas y se lo llevaron. Casi atropellan a Clementina. Pero no me importa, porque ya estoy demasiado grande para un triciclo.